MARIA ESPLUGA

YO, CAMPESINO

Combel
EDITORIAL

Yo quiero ser campesino,
me gusta trabajar.

De buena mañana salgo al prado,
el invierno se acaba.

Me encanta el olor de la tierra bien peinada.

¡Llega la primavera y soy feliz como un jilguero!

Tengo un huerto de mil colores,
tomates, guisantes y naranjas.

Subo a pedir lluvia a mi vecino Narizotas.

Una buena siesta en verano
con sabor a huevo frito y plátano.

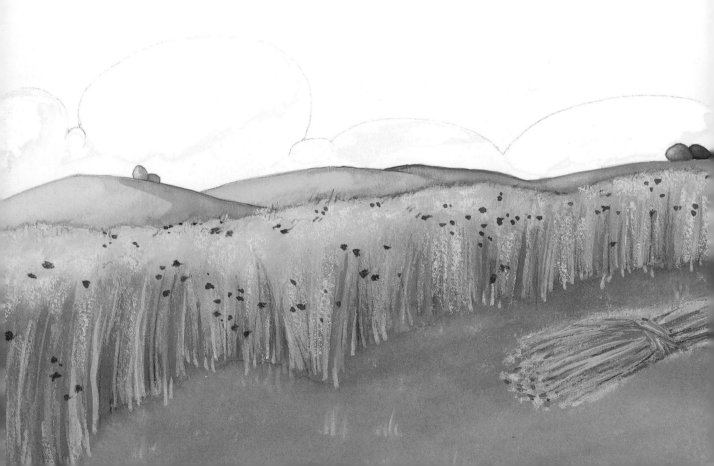

En otoño canta el viento
y las hojas bailan.

¡Qué bien se está en casa
cuando hace frío en la montaña!

Escucho el fuego por la noche,
salen duendes y hadas,

y antes de acostarme...

¡un beso y dulces sueños!

A mis abuelos.

© 2005, Maria Espluga
© 2005, Combel Editorial, S.A.
Casp, 79 · 08013 Barcelona
Tel.: 93 244 95 50 – Fax: 93 265 68 95
Primera edición: octubre de 2005
ISBN: 84-7864-996-4
Depósito legal: M-34.117-2005
Printed in Spain
Impreso en Orymu, S.A., Pinto (Madrid)